稻梦星空

daomengxingkong

自然 著

作家出版社

稻梦星空

daomengxingkong

自然 著

作家出版社

目　录

序

　　《稻梦星空》是一部关于人文、情感、自然的作品。作品的创作理想是表达诗歌是用来歌颂的，以引领广大读者认识自然，从而热爱自然，与自然和谐相处，以及激发读者对情感、灵魂的热爱之情。

　　诗集共有一百二十九首诗歌，分三部分：一、《自然界》五十二首，主要赞美并展现自然界中山川、河流、天空、大地、草原等自然美景，以及人与自然和谐相处的美好状态；二、《情感篇》六首，主要书写并表达对亲情、友情、爱情的理解与珍惜；三、《感悟篇》七十一首，主要赞美并表达对人生哲理、生活环境，对现实与梦想的珍爱、感悟。力求有感而发。

诗集面对大众，不晦涩难懂，激发人民对自然生态、宇宙人生、现实生活的珍惜与热爱。

整部诗集是对生活的热爱，对自然万物的赞美；是对生活方面的感悟，对梦想、未来的畅想；是开启希望与明天的诗，是诗与远方的指明灯。

引 子

不值得反复吟咏的不是艺术。

一 《自然界》

田　园

田园万顷碧连天，溪水潺潺傍山边。
袅袅炊烟天空绕，缕缕夏风漫心田。

边 塞

迢迢溪水漫边塞，渺渺长空浩如烟。
春光旖旎风云淡，严寒刺骨冰塞川。
风沙不见行人路，飞雪漫天万里寒。

风

我温暖了风
温暖了云
却迎来了雨
我的心下过雨了
所以
饶恕了眼睛

秋

秋天来了
秋风是个不速的客人
你看
那漫野的金黄啊！
正逐渐凋零

春 天

隐隐绿意的树木

与原野

像萌动的生命力

苏醒了

僵硬的冬

夏　天

炎炎烈日

彰显了

你的热情

盈盈夏花

书写了

你的隆重

冬 天

呼啸的北风啊!
吹冷了谁的胸膛

皑皑的白雪啊!
刺痛了谁的眼睛

冷冷的冬天啊!
你可知
人们爱你的冷酷
更爱你的清醒

山

远山如黛

你苍翠了人们的视线

连绵起伏

峰峦叠嶂

无论酷暑严寒

你都坚强屹立在原野的

　　那端

诠释着最美的坚韧

天　空

天空遥远得像个梦

极目远眺

风云变幻的是你

晴空万里的是你

热情无比的是你

流泪悲伤的是你

晴朗的白天是你

漆黑的夜也是你

春雨蒙蒙中你升起了希望

漫天星空里你诞生了童话

包容中

你孕育了明天

博大中你温暖了天下

太　阳

太阳

据说

你诞生了上亿年

可你怎么没衰老呢?

你难道是一个谜团吗?

黎明时

你带着刚刚苏醒的温柔

中午时

你迸发如火的热情

傍晚

你披着霞衣隐没

你朝升暮落，暮落朝升

每一天

都不辞辛苦

朝升暮落啊!

原来是你的使命和光荣

太阳啊！

你是人们心中不灭的明灯

永远照耀着人们

前行！

雪

天空中飞舞着六角的菱花

一团团　一簇簇

洁白，温柔的你

是冬天的童话

你飘啊飘

飘过山川大河

你舞啊舞

舞过高楼大厦

老年人看到你笑了

"今年麦盖三层被，来年枕着馒头睡"

青年人见到你笑了

"他们正做着洁白的梦"

孩子们在你的怀抱里

堆雪人，打雪仗

笑容挂在脸上

洁白的雪花啊！

你装饰了山川大河

也装饰了人们的梦

天　籁

从盘古开天伊始

大自然孕育了花鸟虫鱼

松林雪雨、泉湖瀑溪

听松涛澎湃

听林风骤雨

听泉水叮咚

听瀑布湍急

听飞鸟啁啾

听秋虫鸣语

自然的乐章谱写出

和谐天籁

可天籁啊！

又有几人懂你

湖

宁静的波光潋影

妆成如美娘的神情

安定地

安静地

接纳着人们的喧闹

莲花锦簇

垂柳轻拂

微风习习中

泛舟五湖

泉

清风之品格
碧波之荡漾
以涌动的脉搏
述说着叮咚，叮咚的魂魄

瀑　布

湍急的

怒吼的

仰天长啸

你为什么怒了呢？

小　溪

以一袭旖旎之温柔
傍伟岸山峰之千秋
潺潺流动着
弯弯的月色

梅

你迎风傲雪
战天斗地
雪中吐艳
你不冷吗？

兰

幽静的精灵
不与百花争宠
独自静静地
绽放幽冷的孤独

竹

竹林之中
抚琴吟咏
最是旷世怡情
不问世事
不问别情
只慰淡淡竹影
明月清风

菊

金黄的九月

你是亮丽的美景

放眼望去

雍容华贵

万头攒动

最是繁华热情

松

四季常青

挺拔矗立

装点了城市乡村

美丽了田野山间

历经风雨严寒

岿然不变

白　杨

一片又一片的白杨树
多像哨卡中的士兵
年复一年地
守护着人民的幸福
白杨啊！
你的确该礼赞！

柳

河岸边一排一排的垂柳

迎风舒展

沙沙沙的轻语中

诉说着人世的温柔

温柔

如天使的长臂玉手

莲

清水出芙蓉

天然无雕饰

月光之下

静静地绽放着

傲人的清白

牡　丹

国色天香

雍容华贵

艳压桃李

你不愧为花中之王

古往今来

有多少文人墨客

挥舞着最艳丽的丹青

长 江

源远流长

雄浑壮阔

像古老的神话传说

不知从何说起

不知到哪而终

流淌着

流淌着

无尽的歌谣

黄　河

浊浪滔天

黄沙滚滚

浩荡浑浊

奔流着

希望的怒火

不灭的

魂魄

海

站在海边

似乎自己已渺小到

　忽略不计

那是

考验心与眼睛的时刻

心，忘了自己

眼睛，目力难及

望不到边

看不到岸的

　苍茫

海

它是水的世界

水的王国

海天交融

海天一色

海为天妆容

天为海润色

城　市

高楼林立

车流不息

人流不息

交织成繁华的白昼

灯光璀璨

光影交错的美丽夜晚

酒吧里传唱着

迷人的小夜曲

人们的心

在一天的忙碌之后

惬意地歇息

乡 村

红砖亮瓦

与蓝色的围墙

整齐地一排一排地

　　陈列

环村的树

年复一年地翠绿着

也枯黄着

不时有飞鸟掠过

孩子们的脸上依旧是

阳光的颜色

眼睛里是惊奇的光

老人叼着烟

烟头上明灭着古老的故事

草　原

蓝色的天空中

白云朵朵

天空下是一望无际

　　碧绿的草原

草原似一张巨大的地毯

覆盖着广袤的大地

一湾湾河水

像跳动的脉搏

滋润着美丽的草原

清新的空气

带着丝丝的甜味

忍不住一个深呼吸

陶醉——

沁人心脾

沙漠·绿洲

这里是沙的世界

堆积成万古的浩荡

绵延不断

伴着驼铃的声响

似走不出的迷茫

亦是走出的明朗

风沙相伴

亦伴有恐惧的埋葬

不涉足是渴望

涉足容易是焦灼的迷茫

茫茫似绝境

绝境里神秘的驼铃叮当，叮当

鹰

盘旋在山崖边

俯瞰着山峦旷野

无畏强敌

无畏自己

以爪啄之利

完成一次重生的蜕变

那便是

你再次凯旋的战歌

小　草

小草与水滴有着异曲同工之效

万千水滴汇成大海

万千株小草形成辽阔的草原

小草在养育动物的过程中

被吞噬，被镰刀收割，被车轮践踏

严寒也毫不留情地

风卷百草折

可是一旦春风吹来

小草又在春风中快乐地摇摆

小草

渺小中蕴含着坚韧的伟大

蜜　蜂

蜜蜂嗡嗡地叫

似乎和苍蝇、蚊子是同类

吵吵闹闹的

可是

人们很喜欢蜜蜂

称赞它的勤劳

对苍蝇、蚊子人人喊打

原来是奉献还是索取

真的重要

蜻　蜓

对于蜻蜓人们似乎有很多疑问

为什么它的双目那么大?

为什么它要蜻蜓点水?

最奇怪的是它还是飞机的雏形

蝴　蝶

蝴蝶无疑是美丽的

不仅是颜色各异

花纹各异

还翩翩起舞

最美的是

人们的目光在寻找

哪对蝴蝶是梁山伯与祝英台化成的

果 实

挂在枝头

或埋于地下的

都是沉甸甸的喜悦

最是甜美的

是

风吹落的果实

甜美中带着伤痕

胡　杨

胡杨

英雄树

在烈日沙海中

流淌着

千年不灭的传说

彩　云

放眼望去

光影交错中

是披着霞光的彩云

阳光热烈，云霞簇拥

博大而浩瀚

天空之上

光与影的世界

云之霓裳

——彩云

大自然的瑰丽之作

生态蓝

生态

顾名思义

生物的生存和发展的状态

蓝蓝的天空

洁白的云朵

是最幸福的生存环境

白云是蓝天最安静的伙伴

时而飘浮在蓝天的额头

时而停泊于蓝天的脚下

白云是温柔的

守护着浩瀚苍茫的天空

这也许原本就是生命的意义

人与自然和谐相处

烟火人间

麦苗在微风中舒展着身姿

水珠在翠绿的叶子上被太阳投射出

　　光芒

绿油油的麦田里

饱含着绿油油的希望

大地铺满锦绣

风中也弥漫着喜悦的信息

各行各业的人们

忙碌的身影

与一次又一次的整装待发

看到了一个又一个孩子的笑脸

那是人间最美的风景

乡村

炊烟缭绕，一排排整洁的民房

城市

车流，人流，川流不息

井然有序

草原上

噢

那是长袖飘起的地方

云雀舞朝霞

穿过迷烟晨雾与夜的残骸

在晨辉光影中有一群小小的身影

飞向枝头

黎明的静谧即刻充满嘹亮的

　　鸣叫

只见树木

不见鸟群

只有悦耳的鸣叫……

叫醒了

乡村一个又一个的黎明

繁　星

夏季

繁星满天

傍晚的风微微地吹着

拾级而上

又拾级而落座

仰望苍穹

满天的繁星点点

分不清哪颗星在闪烁

群星闪耀，灿若星河

于是

你会想起银河在哪里

王母娘娘在哪里

牛郎星，织女星，北斗七星

都在哪里

你会想是不是每颗星星都有一个民间

传说

是不是每颗星星都能照亮人们前

行的路

风中自有花千束

春寒料峭百花愁

夏有夏梦欲破头

秋风秋雨秋寒迫

雪中自有雪色楼

风中海棠迎风笑

花中牡丹傲抬头

兰花自在隐山谷

秋日菊花语不休

荷花自古出淤泥

不骄不妖连天碧

突如一日花蕾绽

不日荷花万攒头

风中语，自不休

蓝天碧水俏枝头

清白言，水中留

世人不语赞心头

风中自有花千束

千古流芳千古优

秋水长天

秋御风而来
水波便荡漾着一腔秋色
收获隆重袭来
蓝天也饱满了瓦蓝瓦蓝的欣喜

水波不兴
倒映着天空的纯净
一丝白云都看不见的蔚蓝
也许白云是被秋风吹散
也或许是歇息在视野之外
偶尔停止了漂泊

水静静地流动
天静静地空旷
水有水的辽阔

天有天的浩瀚

水天一色，秋水长天

装点了灿烂的秋

诗意草原

风吹来泥土的芬芳

草原掀起万顷的碧浪

跋涉

一望无际

草原上的格桑花迎风舒展着静寂

芳菲

五彩斑斓

河水蜿蜒流淌着千年的童话

阳光

波光潋滟

青山巍峨耸立着千年的守望

云朵

飞舞交错

牛羊是草原上肆意的生灵

生灵

珍珠落盘

山间清新的空气夹杂着一丝丝的甜味

沁人心脾

草原啊!

不仅仅是诗意

还是心灵栖息之地

秋水长天，诗意草原

秋跋涉过万水千山

倚天而居

天便渲染了几分秋意

水波也荡漾了些许的寒凉

秋水傍着长天

草原便沉默了诗意

筚路蓝缕

青草依依

马蹄声急

似有对枯黄的恐惧

于是

冷静再冷静

青草肃穆，坚韧

似乎在拒绝着秋的到来

而正是这几分寒凉

让这草原，碧水，蓝天

构成了独特的风景

冷静，肃穆，悠远

一种宁静之美

大自然的画卷美不胜收

秋水长天

诗意草原

波澜而壮阔

自然而雄浑

蓝色的布谷鸟

蓝色的布谷鸟

飞来了

叫醒了春天的脚步

叫醒了黑夜退却后的黎明

自然之美

大自然的

　　鬼斧神工

铸就了

青山巍峨

碧水清冽

回归自然

空气，阳光，土地

人们生存在大自然的怀抱里

清新的空气

明媚的阳光

新鲜的泥土

无一不有着金子般的品质

我想把赞美词与颂歌

献给空气，阳光，土地

献给大自然

可却总是词穷

没有什么词汇能表达出对自然的赞美

我的头脑里空荡荡的

可心里却涌动着酸涩

似乎觉得泪在心头，在胸口

绿水青山就是金山银山

绿水青山

顾名思义

就是没有被污染的山水

青山巍峨

绿水碧波

令人心驰神往

大自然的鬼斧神工

令人心生敬畏

生活在绿水青山的纯净环境中的人们

倍感幸福圣洁

人们热爱自然，敬畏自然

在人与自然和谐相处中

感受到自然的无限美好与无穷魅力

干干净净的草原、碧波、青山

净化了一代又一代人的心灵

养育了一代又一代人的生命

世间生命无价

绿水青山就是金山银山

二　《情感篇》

家

心生爱意

共同成长

一路辛苦

一路岁月

然后

暖暖地

依偎

暖暖地

背靠夕阳

父 辈

感谢父辈赐予的

　厚重担当

如此使我

　安然无恙

妈妈的眼睛

妈妈眼睛里的温柔
　是一片
　宁静的海

爱 情

爱情

痛并快乐着

痛吗？

痛

证明

你的爱情

还醒着

还活着

友　情

友情
是最温馨的携手
是互相鼓励
是永远不愿忘记
永远留在心底的
　岁月

亲　情

亲情是血缘

是一脉相承

亲情

是无法割舍的藤蔓

三 《感悟篇》

咏花之空谷幽兰

隐匿深山不可知，疏光斜影恋四时。
荒山旷野罕人迹，空灵世外自芳菲。

从 容

梦在桃源彩云中，万事压肩似闲庭。

心有乾坤腹有义，大爱人生自从容。

成　长

养大我的雄心壮志
挥别我的幼稚无能

心之向往

时光是个谜
我要沿着时光的隧道
活成一束光
这便是我
心之向往

妖　娆

眉峰剪辑兮宁静

美目流盼兮幽明

和　解

一直以来

给予自己的

都是绳索

今天

终于与自己

握手言和

弱小与强大

人啊！
弱小的未必永远弱小
因为
她还能成长
强大的未必永远强大
因为
她还会凋零

眼　睛

眼睛

你带着夜的温柔

雪的宁静

光的无形

与利刃的坚定

你包罗万象

你百转千回

笑容是你

委屈是你

明亮是你

黑暗是你

嘲讽是你

失望是你

鄙夷是你

嫌弃是你

热烈是你

低回婉丽是你

泪水涟涟中你似小溪

痛哭流涕中你像急雨

暗潮涌动是你

明媚青春是你

噢，眼睛

原来你是谜哦

原来

谜就是你

走向宁静

人们在嘈杂声中寻找宁静

那宁静便是沉沉黑夜

人们在黑夜中寻找宁静

那宁静便是

一闪一闪的群星

孤　独

饮长江之水

似杯中佳酿

月下独酌

披薄雾冷辉之霓裳

看世间千古之清凉

虽刀光剑影之利

怎敌心中之伤

嗟世间炎凉

不过无知、无缘之迷惘

诗

拨云见日
在每一首诗里
都有一种思想
在汹涌澎湃

男 人

男人肩上担着责任
眼里装着世界
心里是侠骨柔情
男人是山

女 人

远古女娲补天

现代女人能顶半边天

女人眼里温柔如水

心里是坚韧如铁

女人是水

未　来

人们常说未来

未来是什么呢？

未来是未曾到来

那未来到底是下一秒、下一刻、下一

　个小时、

下一个月、下一年、下十年

还是更多更多的下一个……

好像未来只在呼吸间

未来连着你的现在

梦

太阳落山了

鸟飞回了林中

天空垂下了帘幕

夜的王国里

演绎着静谧

星星眨着好奇的眼睛

却没发现

人人都诞生了梦

影　子

形影相随

令人视而不见

忽略

是距离太近的错误

健　康

健康是白里透红的脸膛

是强劲而有力的臂膀

健康是健步如飞的笔挺

是极目远眺的坚强

健康是

强虏灰飞烟灭

健康是

最该珍惜的生命力

没有健康

何谈快乐

没有健康

何谈梦想

健康最美

健康最强

认　真

认真是一种追求
认真是一种态度
认真是一种责任
认真了，你就对了

传　说

在昏暗的煤灯下
妈妈一边穿针引线
一边讲着神奇的故事
小小的我们
在似懂非懂的迷惑中
重遇迷人的传说

世界上最遥远的距离

世界上最遥远的距离

是我不理解你

迷　茫

迷茫

是什么呢?

是脑子一片空白

路消失在眼前了

你想呐喊

想逃离

却发现无处可去

无路可逃

此时

世界于你是孤立的

高　度

好风助力

青云之上

一日山河

英　雄

回顾历史

在战火纷飞的年代

我们看见

浴血奋战的英雄身影

英雄

有着钢铁般的意志

鹰一样的眼神

坚如磐石般的信仰

英雄是民族之魂

月夜思乡

皓月照千里
何处是故乡
霜凉思依旧
月明夜更长
三更披月坐
幽怨在他乡
何时五更天
天亮即还乡

冻　颜

寒冰不朽
惊雷不扰
依然如故

改　变

变是主题

不变是期许

青　春

青春

是一首歌

青春

是一幅画

青春

洋溢着激情

青春

改写着时代的步伐

同时

青涩与轻狂

也点缀了傲人的青春

成　熟

成熟是稳重的步伐
成熟是自然的对话
成熟是睿智的眼神
成熟是微笑
却无声的回答

自　己

你一定有这样的疑问

我是谁？

谁是我？

我从哪里来？

我到哪里去？

追　随

迷茫

与困顿

挣扎

与徘徊

恐惧

与煎熬

经历过后

人

终究要追随爱与自由

吸引力

吸引力法则

是对人或事物等

一种不能自控的行为

一种不自觉的靠近

并

乐此不疲

甘之如饴

像鲜花之于蜜蜂

像美景之于眼睛

艺 术

艺术是什么呢?
艺术是你面对
一首诗抑或一幅画时
被它的美刺痛了
美到想哭
美到痛苦

伟　大

伟大是什么呢？

如果是一颗螺丝钉

那么，能认认真真地完成职责和任务

是平凡中的伟大

如果有力量的

为万千人民的幸福而战

为国泰民安而战

那无疑是伟大的

伟大讴歌的是平凡与不平凡

巅　峰

学无止境

爱无止境

美无止境

梦无止境

极限永远在路上

故巅峰永远在路上

巅峰永无止境

巅峰对决什么

巅峰是闪躲

现　实

什么是现实?

现实就是你对待现实的态度

你认为现实是强大的

那么

你就是渺小的

你认为现实是渺小的

那么

你就是强大的

辛勤的人们

姹紫嫣红

春回大地

沃野千里

看勤劳的人们

是怎样生活的

各行各业的人们

在自己的工作岗位上

贡献着智慧

挥洒着汗水

啊！勤劳的人们

你们就是最伟大的诗篇

勇　气

勇气用过头是莽撞

不用是懦弱

两者之间

谓之真勇也

有和无

世间之有无

同等重要

无是有的开始

中间的过程

要拼尽全力

自　信

自信

顾名思义

自己的信心

即相信自己

自信

来源于

正知正觉

正心正念

时　间

时间
嘀嘀嗒嗒地行走着
人们的喜怒哀愁
千年的时光
未改的前行
依旧

凛冽

风凛冽地吹着
银发也好
青丝也罢
从来都是
刺痛的感觉

耀　眼

和太阳的光芒

一样耀眼的

是

人们的品质

山　月

山月独悬

旷世孤高

升于忧愁

圆在千秋

前路漫漫

清澄依旧

挥舞银丝

光满宇宙

责　任

责任追随伟大
伟大爱慕
责任

世　界

世界

于我是陌生的

幸　福

从今天开始
做一个幸福的人
只想着幸福

水之旅途

水

以蓝天为幕

以大地为席

寄身于天地之间

夜以继日，流淌着，流淌着

以行者永不厌倦的丰姿

穿过山川、暗礁、峡谷、大漠与荒原

行者

当不畏晨昏

不畏暮色

以天地苍茫为朋

与四时节令为友

由高到低，顺其自然也穿越苦难

银光闪烁中，流淌着弯弯的月色

波光潋滟中，流淌着金灿灿的骄阳

燃　烧

红色的

跳跃的

火舌——舞者的丰姿

风中的

人群中的

青春是奋斗者的燃料

燃烧着的青春

是青春的燃烧

灰烬抖落

升起满天星辰

飞雪落长河

雪雾弥漫

一眼望不到边的白茫茫的花团锦簇

雪舞苍穹

天地似乎瞬间整齐划一的白

苍茫与辽阔

洁白而冰冷

人间

童话世界般的纯净

雪地里一行行深浅不一的脚印

让跋涉超乎想象般地深远

足音响脆而深刻

证明或者不证明的行者匆忙

渐行渐远的行人的背影

在银色的世界里

放眼望去

那亮闪闪的银链是冰冻的长河

泛着刺眼的寒光

雪落寒光冰若梦

风舞白雪梦中行

天地雪一色

长河冰雪中

人间天地阔

世界冰雪情

白雪公主

天地下了一场雪

雪地里诞生了一个童话故事

童话故事里诞生了

白雪公主

雪白雪白的皮肤

殷红的嘴唇

黑如墨染的头发

噢

白雪一样的婴孩

白雪一样的灵魂

天地似被净化一样地纯净

婴孩似雪

故事似墨

里面有丑恶的毒妇

有漆黑的夜，有阴森的森林，有毒

苹果

……

还好只是一个公主历险的遭遇

后来，公主依然是公主

白雪依然是主色调

公主还巧遇了王子

故事也有了该有的温度

而魔镜给了毒王后

一个真实而残酷的回答：

"白雪公主比你更美丽"

情绪那道桥

越过情绪的沟壑
漫过岁月的长廊
桥这边是苦涩
桥那边是花朵
情绪
奇葩而已

逆生长

时间顺流而下
而成长逆流而上
穿越涅槃重生
穿越萧瑟而冷酷的冬

我愿是溪流

在峰峦叠嶂中
你如最细小的血脉
盘绕着大地母亲的身躯
给大地与自然万物以滋养

没有大海的喧嚣
也没有长江奔流的怒吼
你静静地、默默地，日日夜夜，
奔流不息

你这涓涓细流啊！
深深地镶嵌在大地之躯
与自然万物
浑然一体

梦想之光

还记得那个年少的梦想吗？

在生活的重压之下

在时间的消磨之后

那在心中萌芽的

在眼中升起的

渴望

哦

原来是

旧梦不死

那斩不断的光束

　与傲骨

并存于骨肉之躯

并存于灵魂深处

从黎明开启的脚步

必将走向黎明

逐梦天涯

小时候

望着满天的繁星

畅想着银河的美丽

繁星一眨一眨的眼睛

承载着孩提未解的

　神奇

银河、宇宙、繁星

天上、人间

都是脑海中大大的问号

哦！

天上有什么？

天梯在哪里？

梦想慢慢地在心中发芽、抽丝、拔节

一点一点地长大

哦，想在心中

梦在天涯

天际牧歌

蓝天

草原

一望无际的蔚蓝

　与碧绿

碧海蓝天

苍穹浩渺

回荡着的

回荡着的

那悠扬的长调

与山川河流

共鸣

奏响了一曲

天际乐章

稻苗初雨

远山如黛

微风习习

稻苗初雨

静默晨曦

律动碧波

芳禾萋萋

袅袅炊烟

微光离离

四海升平

春风万里

月光宝盒

月凉如水

月光于静谧中诞生

时空默默地

交错了繁忙与宁静

天幕无言

光环笼罩

四野如盖

迷茫与清醒交迭

现实与梦想相映生辉

当下与明天遥相呼应

人人都需要的光啊!

如此博大与广阔

于无垠之中,之上,之久远

予现实似无关而有关的力量之美

明月常常有

照古亦明今

心的高原

心的高原
心魂游走的地方
天蓝得耀眼
水净得透明
空气是稀薄的
有要窒息的不舒适感
空旷、静谧、神奇
长风回荡
摇曳生辉
风雪飞舞
雪舞苍穹
低
低回婉转
灰
灰，灰，灰
那是光明的前奏

那一个尘世

烟雨蒙蒙

似迷雾

春花美

夏花簇

秋花独语

冬花酷

缕缕风

点点沙尘土

轻纱曼舞

人生旅途

淡淡香

淡淡物

淡淡景

淡淡人前

语声无

淡淡言

淡淡笑

淡淡转身

淡淡

皎月当空照

淡淡古

淡淡今

淡淡未来

淡淡心

淡淡骄阳

淡淡月

淡淡山川

水清冽

素 香

一段灵魂的断想

于岳岳荦荦中

像影子置于月光

月色千顷

不动苍凉

月下之雪

置身广袤大地

成就冬日的银装素裹

向着生点燃自己

生命之火

需要被点燃

需要升腾起熊熊的烈焰啊!

火种

火种

在哪里?

不必茫然

不必寻找

火种

就在人们自己的心中

在人们自己的手里

只要心中升起希望之火

那就是手里的火炬

点燃生命

照亮前程

美的传说

爱与生命的神话

此刻都将诞生

此刻都将被点燃

生命之火

生命之光

璀璨、跳跃

火光、火舌……

回归一种生者的

　　隆重与尊严

那生生不灭的

火！

火！火！火！

盛　景

阳光雨露
鸟语花香
日隐日现
云卷云舒
光怪陆离
云飞渡

阡陌纵横
山水相依
笙帆竞动
人在画中
盛景之中
花开陌路
山水重逢
群山之巅

群山回响

白云苍狗

山河不寂寞

自然之谜

峰峦叠嶂

鬼斧神工

奇峰绮丽

怪石嶙峋

无法穿透的迷雾

时而

风卷残云

风沙弥漫

时而

晴空万里

时而

飞雪飘舞

变幻莫测

捉摸不定

看透与看不透的

一切

谜团一样地存在着

我们如何能探知

一朵云的思索

一座山的沉默

山水之盟

自然之谜

乡愁是故乡的诗

故乡的回忆很多是朦胧的

是脑海深处一直被搜索的记忆

岁月的叠加

记忆越来越久

变成绵绵不绝的乡愁

缕缕思绪承载着岁月的凝重与悠远

乳名也在千呼万唤中变得越来越成熟

儿时的记忆

一直萦绕在脑海中

一幕幕的场景

随时如影片在脑海中播放

深刻与朦胧不时上演

有欢乐的场景，也有痛苦的片段

都一样演绎了岁月

演着，演着，人群就散场了

乡愁就变成了游子心中
永不褪色的回忆
如炊烟般袅袅升起

背　影

所有的父母
都看着孩子的背影
那个背影越拉越长
像一个巨人

心灵牧场

走进心灵的牧场

寻找灵魂的憩息地

那牧场上的微光

原来可以像

牧歌嘹亮

也可以像草原一样

辽阔与苍茫

于是

光与影的传说

诞生了童话……

朵朵云

一缕清新的风掠过
　脸颊
迎着风，抬起头
湛蓝的天空上有几朵白云飞翔
滑过天际时
余下丝丝缕缕的云絮
云雾团团
如梦如幻
不知道哦
哪一朵是喜悦？
守着艳阳天
哪一朵是忧伤？
他日
化作淅淅沥沥的雨

那一片天空

那一片天空

祥云朵朵

风吹着绵绵白云在

　　天空云游

白云在寻找家乡吗？

还是风在寻找归宿？

总之

凡是结伴而行的

都必将是

　　温暖

看

太阳的光辉

正投射到云层之中

风也在歌颂着太阳的功绩

传颂着

这生生不息的美德与

　　灿烂

近雪之魂

苍穹空旷

四野辽阔

苍茫之中

是漫天淅淅沥沥的白

雪色苍穹青山远

天地空蒙

精灵般地看不透

迷雾般地神秘莫测

每一片六角菱形的雪花

在高空中翩翩起舞

而雪之魂

是浩渺的绝色之白

是翩翩的轻盈之舞

永无绝灭的日月星辰

用一万年的缅怀

用一万年的崇拜

去探寻盘古开天的秘密

去叩问夸父追日的痴迷

历史的长河奔腾着不老的传说

岁月的长卷镌刻着不灭的画面

文字承载着灰烬中永恒的精神

日月星辰

永不疲倦地把光明洒向人间

江河湖泊，山川植被

森林草原，大地母亲

永不疲倦地为人类提供粮食、蔬菜、

　果实、草药……

大自然用博大的胸怀

浸润着对人类无私的爱意……

图书在版编目（CIP）数据

稻梦星空 / 自然著 . -- 北京：作家出版社，2023. 11
ISBN 978-7-5212-2540-2

Ⅰ. ①稻… Ⅱ. ①自… Ⅲ. ①诗集 – 中国 –当代
Ⅳ. ①I227

中国国家版本馆CIP数据核字（2023）第192163号

稻梦星空

作　　者：自　然
责任编辑：秦　悦
装帧设计：周思陶
出版发行：作家出版社有限公司
社　　址：北京农展馆南里10号　　邮　　编：100125
电话传真：86-10-65067186（发行中心及邮购部）
　　　　　86-10-65004079（总编室）
E-mail:zuojia@zuojia.net.cn
http://www.zuojiachubanshe.com
印　　刷：河北宝昌佳彩印刷有限公司
成品尺寸：145×210
字　　数：51千
印　　张：5.375
版　　次：2023年11月第1版
印　　次：2023年11月第1次印刷
ISBN　978-7-5212-2540-2
定　　价：58.00元